AF297789

JOURNAL ASIATIQUE

OU

RECUEIL DE MÉMOIRES

D'EXTRAITS ET DE NOTICES

RELATIFS À L'HISTOIRE, À LA PHILOSOPHIE, AUX LANGUES
ET À LA LITTÉRATURE DES PEUPLES ORIENTAUX

UNE VERSION NOUVELLE

DE

LA BRHATKATHĀ DE GUNĀDHYA

PAR

M. FÉLIX LACÔTE

(Extrait du numéro de Janvier-Février 1906)

PARIS

IMPRIMERIE NATIONALE

MDCCCCVI

UNE VERSION NOUVELLE

DE

LA BRHATKATHĀ DE GUṆĀḌHYA

PAR

M. FÉLIX LACÔTE

EXTRAIT DU JOURNAL ASIATIQUE

PARIS

IMPRIMERIE NATIONALE

MDCCCCVI

UNE VERSION NOUVELLE

DE

LA BṚHATKATHĀ DE GUṆĀḌHYA.

I

La découverte d'un texte anonyme, jusqu'ici inconnu, contenant la première partie d'une troisième version de la Bṛhatkathā, tout à fait différente du Kathāsaritsāgara de Somadeva et de la Bṛhatkathāmañjarī de Kṣemendra, jette un jour nouveau sur l'œuvre de Guṇāḍhya et permet de reprendre par le pied les questions qui la concernent. Je me propose de publier prochainement ce texte, avec une traduction, et de le faire précéder d'une étude d'ensemble sur l'origine et la composition de la Bṛhatkathā, les rapports des trois versions entre elles et le cycle de la Bṛhatkathā dans la littérature indienne.

La célébrité de cet ouvrage, attestée tant par la diffusion de la légende de Guṇāḍhya que par les emprunts qu'y ont faits le théâtre et le roman et les nombreuses allusions aux aventures de ses héros qu'on trouve dans les textes les plus divers, notamment dans la littérature bouddhique, en rend étonnante et fort regrettable la disparition. De source moins aristocratique que les grandes épopées, de forme moins savante que les kāvyas, la Bṛhatkathā devait probablement sa renommée à une heureuse association de folklore naïf et de raffinement littéraire, aux mêmes qualités qui ont fait le succès du Kathāsaritsāgara ; l'estime où l'ont tenue des lettrés comme Subandhu, Kṣemendra, Somadeva, nous garantit qu'elle n'était pas complètement exempte de rhétorique ; mais, somme toute, il semble bien qu'elle ait eu à se faire pardonner d'être écrite en langue paiçācī, de donner trop grande place à Kuvera et aux Vidyādharas, dont les dévots ne paraissent pas s'être recrutés dans une société très aristocratique, peut-être aussi de manquer de distinction en admettant trop de détails de mœurs populaires. L'histoire de Guṇāḍhya semble inventée pour l'excuser d'avoir employé un prâkrit ; je ne serais pas étonné que, tout en l'admirant, on l'ait taxé de quelque grossièreté et que les auteurs qui ont imité la Bṛhatkathā aient voulu, en l'abrégeant, peut-être, on le verra, en la remaniant, lui rendre le service de la décrasser de sa roture. On s'étonne moins alors que Guṇāḍhya soit resté un grand nom, mais que son œuvre ait été supplantée par des remaniements.

Notre nouveau texte montrera, je l'espère, que je n'avance là aucune hypothèse gratuite. Le présent article ne doit être regardé que comme l'amorce d'une étude complète.

II

MANUSCRITS.

L'existence de cette nouvelle version est connue depuis 1893, année où Mahāmahopādhyāya Hara Prasád Shástri la signalait[1] dans un lot de vieux manuscrits népâlais acquis par l'Asiatic Society of Bengal. Un manuscrit non daté, et disait-il, vraisemblablement fort ancien, contenait une portion d'un texte inconnu, mais qui portait, au colophon de certains sargas, le titre significatif de Bṛhatkathā-çlokasaṃgraha. Il ajoutait que cet ouvrage devait être d'une étendue considérable, car le premier adhyāya seul renfermait plus de 4,200 çlokas et il évaluait la partie contenue dans le manuscrit au dixième du total; il avait lu le premier sarga, qui traitait du roi Gopāla renonçant au monde parce que ses sujets l'accusent injustement de parricide, et abdiquant en faveur de son frère Pālaka, malgré les remontrances des brâhmanes; cette histoire ne se trouve ni dans Somadeva, ni dans Kṣemendra. A la suite de ces indications, Hara Prasád donnait les colophons des 26 sargas contenus dans son manuscrit : on y lisait des noms propres dont plusieurs, contrairement à ce qu'il croyait, se retrouvent dans le Kathāsaritsāgara et dans la Bṛhatkathāmañjari.

---

[1] *J. A. S. of B.*, LXII (1893), I, n° 3.

En 1898, M. Sylvain Lévi rapportait du Népâl un autre manuscrit du Bṛhatkathāçlokasaṁgraha, non daté, renfermant les sargas 1 à 10 du premier adhyāya, et le signalait dans un rapport à l'Académie des Inscriptions et Belles-lettres [1].

On peut espérer que la fin n'est pas irrémédiablement perdue; des trouvailles sont encore possibles au Népâl : la Bṛhatkathā y fut célèbre, comme le montre l'existence d'une légende locale de Guṇāḍhya dans le Nepālamāhātmya [2]; et elle y a été connue sous différentes versions : tout récemment ou y signalait une copie ancienne de la Bṛhatkathāmañjarī [3].

Les deux manuscrits existants ont été à ma disposition; mais c'est sur celui de M. S. Lévi qu'a été fondé d'abord mon travail. Il avait bien voulu me le confier, quelque temps après son retour du Népâl, et je ne saurais assez lui témoigner ma gratitude, tant pour le long crédit qu'il m'a fait que pour les conseils qu'il n'a cessé de me prodiguer avec le plus généreux dévouement. Je n'avais aucun espoir de pouvoir utiliser celui de l'Asiatic Society of Bengal, lorsque, récemment, j'ai obtenu de cette société qu'elle en consentît le prêt à la Bibliothèque de l'Université de Paris. Ma publication s'en trouve un peu retardée, mais cet inconvénient sera plus que compensé par l'amélioration de mon texte. Qu'il me

[1] *Comptes rendus*, séance du 27 janvier 1899.
[2] S. Lévi, *Le Népal*, I, p. 387 et suiv.
[3] Communication de M. S. Lévi.

soit permis de remercier ici l'Asiatic Society of Bengal de sa générosité et de reporter tout le mérite de cette négociation sur M. E. Senart et M. S. Lévi, sans l'entremise desquels elle n'aurait sans doute pas abouti.

ÀGE DES MANUSCRITS.

Les deux manuscrits, sur feuilles de palmier, d'une belle écriture ancienne, appartiennent au type bien connu des manuscrits népâlais du xiie siècle. Il serait difficile d'affirmer, d'après le seul caractère paléographique, lequel est le plus ancien. Cependant l'écriture du ms. de l'Asiatic Society of Bengal semble plus archaïque.

Elle est fort nette, rigoureusement verticale et ressemble beaucoup en somme à celle du ms. de Cambridge n° 1686 (*Bendall, Catalogue,* Pl. II, 3), 1165 A. D.; pourtant l'aspect général plus carré et le trait oblique, de gauche à droite, finement tracé, qui orne souvent, quoique irrégulièrement, la partie inférieure des hampes, rappelleraient un peu les manuscrits bengalis de la même époque, si le sommet des lettres ne portait le crochet qui dénonce la main népâlaise. Je n'y relève rien qui se rapproche nettement du type gupta, comme le dit Hara Prasád. Les caractères ont presque tous leurs similaires parfaits dans les mss. de Cambridge n°° 1686; 1691, 2, et 1699, 1-2, qui sont respectivement de 1165, 1179 et 1198 A. D. Mais il est certain que quelques-uns présentent un type assez archaïque : le *pha*, le *ḍha* dont la boucle fait un angle très accusé à gauche, surtout le *dha* à la boucle très longue, étroite avec un léger renflement à la base, fort semblable à celui du ms. de Cambridge n° 866 (*Bühler, Ind. Pal.* T. VI), 1008 A. D., et le *ça* qui se confondrait avec le *sa*, si la partie gauche était toujours jointe à la hampe par un trait horizontal et si elle ne faisait en haut un petit crochet rentrant. En dépit de ces indices, la conservation de types archaïques à côté de types plus modernes est si fréquente dans les manuscrits du Népâl que je ne saurais suivre Hara Prasád et admettre l'hypothèse que ce manuscrit est antérieur au xıı° siècle et à l'époque même où écrivait Somadeva.

Le manuscrit de M. S. Lévi, d'une écriture qui est belle, mais un peu plus fine et moins régulière, ressemble assez au ms. de Cambridge n° 1691 (*Bendall, Cat.*, Pl. III, 1); c'est un bon spécimen d'écriture népâlaise du type du xıı° siècle. Il ne présente pas, comme l'autre, de traces d'archaïsme; au contraire il a certains types qui se rapprochent des modernes : le *tha* est largement ouvert par le haut; le *dha*, le *ṇa*, le *ña* en ligature (*ñka*), le *ña* en ligature (*ñca*) sous sa forme la plus fréquente, le *ça* sont pareils aux caractères correspondants dans le ms. du Brit. Mus. n° 1439 (*Bühler, I. P.*, T. VI), 1286 A. D.

Sans attribuer à ces indices une valeur décisive, il serait permis d'accorder au manuscrit de Calcutta une antériorité d'au moins un siècle. Cela ne permet

Man. S. Lévi. (A.) — Feuilles 36 verso, 37 verso et 38 recto

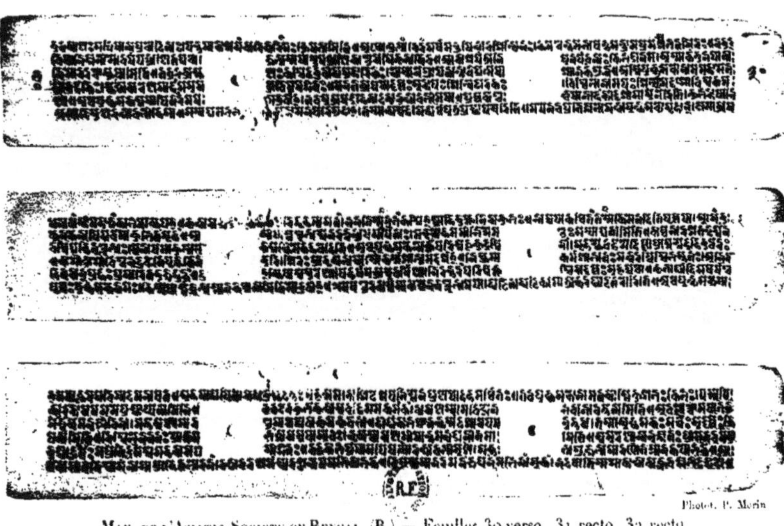

MAN. DE L'ASIATIC SOCIETY OF BENGAL. (B.) — Feuilles 3o verso, 31 recto, 32 recto

pas de préjuger de leur valeur respective, mais vient cependant à l'appui des observations qui vont suivre. Je désigne par A le manuscrit de M. S. Lévi, par B celui de l'Asiatic Society.

VALEUR DES MANUSCRITS

Le copiste de A avait du soin; néanmoins ses menues fautes sont très nombreuses : *visarga* et surtout *anusvāra* sont quelquefois ajoutés, très souvent omis sans raison; *e* et *ai*, *o* et *au* sont sans cesse confondus; les haplographies et dittographies sont assez fréquentes. En dehors de ces fautes, qu'une correction insignifiante fait disparaître, il en est beaucoup de plus graves; elles m'avaient forcé à opérer des restitutions conjecturales qu'ensuite l'examen de B a très souvent rendues inutiles.

B a perdu sa première feuille; dans les feuilles 2 à 9 (= A, 2 à 11), il coïncide avec A à très peu de chose près; on note cependant quelques divergences peu importantes, dont la principale est l'omission par B du mot *bṛhatkathāyāṃ* dans le colophon du deuxième sarga.

A partir de la feuille B 9 (A 11), la coïncidence des deux manuscrits est presque parfaite, même dans les plus petits détails, sauf que A, tout en présentant les fautes de B, en ajoute de son cru, beaucoup sans importance (telles qu'omissions de lettres), d'autres graves : des mots, corrects dans B, sont barbares, quelquefois méconnaissables dans A.

A première vue on juge que A et B ont été copiés sur le même archétype, mais B avec plus de soin.

Il faut aller plus loin et dire que A est une copie de B. Les particularités orthographiques de B, la forme qu'il donne à certaines lettres (notamment *g*, *ç* et *dh*), enfin ses malformations accidentelles de caractères se traduisent dans A par des fautes dues à des erreurs de lecture. Quelques exemples :

B écrit le plus souvent par l'anusvāra toute nasale devant consonne; soit I, ix, 3o *dṛçyaṃtam;* A garde l'anusvāra sur -*çya*- tout en rétablissant un groupe -*nta*- : *dṛçyaṃntam.*

B écrit quelquefois l'anusvāra par un trait oblique muni d'une boucle à gauche, au-dessous d'un cercle (cf. *Bühler, I. P.* T. VI, 15 x); A lit un visarga.

Le *dh* de B ressemble beaucoup à *p* ou *y* (voir supra) : I, 1, 87 *dhuram* B, *puram* A; en revanche, A croit lire *dh* là où il y a *y* : I, iv, 128 *palāyitaḥ* B, *palādhitaḥ* A.

A cause du petit trait oblique qui orne souvent la partie inférieure des lettres, A lit un *g* quelquefois *s* : I, iv, 104 *jagannātha* B, *jasannātha* A; — quelquefois *m* : I, v, 34 *bhujageçvara* B, *bhujameçvara* A. En revanche il lui arrive de lire *g* là où il y a *s* : I, v, 100 *gatāsatī* B, *gatāgatī* A. — D'autres fois, A confond ce petit trait avec un *u*, lorsqu'il est plus épais que d'habitude : I, iv, 125 *roṣa* B, *roṣu* A.

Le *r* dans B porte souvent un petit trait oblique

à gauche en haut de la boucle; A le lit *dh* parce que c'est ainsi qu'il a l'habitude de figurer cette lettre : I, v, 147 *vīṇā* B, *dhīṇā* A.

Ces erreurs, qui sont fort nombreuses, peuvent s'expliquer dans l'hypothèse où A serait la copie du même archétype que B; beaucoup d'autres ne le peuvent pas, car elles sont dues à des malformations purement accidentelles dans B; le copiste de A a fait les fautes que nous pourrions faire nous-mêmes dans une lecture superficielle de B. Quelques exemples parmi beaucoup :

B *dra* mal formé, A *u* : I, viii, 5 B *cañcadrakta-*, A *cañca ukta*.

B *tra* mal formé, A *tu* : I, v, 257 B *trastaṃ*, A *tastaṃ*.

B *ntra* mal formé, A *nu* : I, v, 264 B *yantra*, A *yanu*.

B *no* mal formé, A *mā* : I, v, 282 B *nodyanam*, A *mādyanam*.

B *ṇu* mal formé, A *ṇḍi* : I, v, 104 B *veṇubhiḥ*, A *veṇḍibhiḥ*.

B *cusvi* mal formé, A *ramvi* : I, v, 210 B *nacasvidyanti*, A *naram vidyanti*.

Deux exemples typiques : I, iv, 126 B *dṛṣṭvā*, A *dṛṣṭvāṃ;* or, dans B, *dṛṣṭvā* est placé au-dessous du mot *likhan* de la ligne précédente; le virāma de *n* se trouve juste au-dessus de l'*ā* de *dṛṣṭvā;* ce virāma étant figuré par un point très apparent accompagné d'un trait peu visible, A l'a pris pour un anusvāra se rapportant à l'*ā*. — Le çloka I, vii, 26 est suivi dans A d'un çloka évidemment mal placé; le sens indique qu'il faut le faire remonter de deux rangs (24); or, dans B, ce çloka 24, d'abord oublié par le copiste, a été ajouté par lui ou un reviseur contemporain (l'écriture est la même) dans la marge, et il est suivi du chiffre 2, ce qui signifie qu'il est à intercaler dans la deuxième ligne de la page, c'est-à-dire après 23 ; mais, dans le texte, le signe de renvoi a été placé par inadvertance dans la troisième ligne, après le çloka 26 ; A reproduit fidèlement cette erreur ; il est difficile de trouver un meilleur indice que A est une copie de B.

S'il en fallait un surcroît de preuve, il nous serait fourni par la présence dans B, à partir de la feuille 9 (correspondant à A 11), de petits traits verticaux, d'une encre très ancienne, au-dessus et au-dessous des lignes, qui correspondent exactement à toutes les fins de page de A ; le copiste de A marquait ainsi, avant de tourner sa feuille ou d'en prendre une nouvelle, le point de son modèle où il en restait.

Après ces constatations, ne faut-il pas laisser A complètement de côté, sauf pour combler les lacunes de B, dont la première feuille est perdue, dont quelques autres feuilles sont noircies, rongées, en partie illisibles ? Ce serait imprudent. Il semble que pour les feuilles 1-11[1] (B 2-9) et à partir de la feuille 50 environ, le scribe ait consulté, quoique très accessoirement, un second modèle. On note quelques divergences, minimes il est vrai, et qui peuvent être, à la rigueur, des conjectures personnelles au scribe et généralement peu heureuses,

---

[1] Voir la note I, 1, 29.

dans des passages corrompus, mais qui peuvent aussi provenir d'une autre source. Je me suis donc décidé à donner toutes les leçons de A, aussi bien que de B, et même, mais tout à fait exceptionnellement, à suivre A contre B.

Somme toute, le texte de B ne serait pas encore excellent, s'il n'avait bénéficié du travail d'au moins deux reviseurs. Je désigne le premier par B^2. Il était en possession d'un bon manuscrit, car il a corrigé beaucoup d'erreurs de B^1 d'une manière très heureuse; son écriture est ancienne, de type népâlais, à peu près pareille à celle de B^1; mais cette revision est cependant postérieure à la copie A, car A coïncide avec B^1, non avec B^2. Le ou plutôt les seconds reviseurs sont plus modernes; je ne saurais dire s'ils avaient devant eux d'autres manuscrits ou si ce sont des lecteurs qui ont procédé par conjecture; leurs corrections m'ont paru sujettes à caution; il est impossible de distinguer toutes les mains; il est visible que le manuscrit a beaucoup servi.

En résumé je me représente ainsi la relation de nos diverses sources :

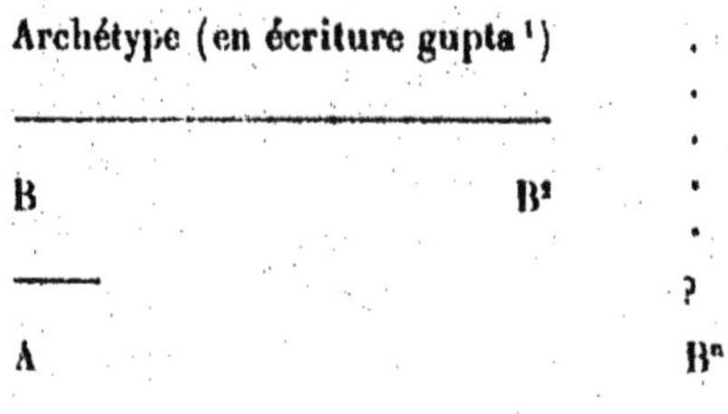

Archétype (en écriture gupta [1])

———————————————————

B B^2

———

A   ? B^n

[1] Pour ne pas surcharger cet article, j'exposerai ailleurs pourquoi j'estime que l'archétype de B était du type gupta.

III

CONTENU DU BṚHATKATHĀÇLOKASAṂGRAHA.

Le sujet du poème, annoncé au début du 4ᵉ sarga, après les 3 sargas d'introduction, est l'histoire de Naravāhanadatta, fils d'Udayana, empereur des Vidyādharas. C'est en somme le même que le sujet principal du Kathāsaritsāgara et de la Bṛhatkathāmañjarī. Mais la disposition des matières et, en grande partie, les matières mêmes sont tout autres. Il ne s'agit plus ici de légères différences dans l'ordre des livres, comme celles qu'on remarque entre le **K. S. S** et la **B. K. M.** qui, en dépit de leurs divergences, laissent aisément transparaître l'original commun. Nous avons affaire à un poème complètement différent; s'il a le même ancêtre que les deux autres, comme il me paraît certain, sa parenté avec eux ne peut s'exprimer que par un nombre considérable de degrés.

Il est beaucoup plus long : si toutes les parties ont le même développement que celle qui nous est restée, l'évaluation de Hara Prasád[1] me paraît juste. Naravāhanadatta annonce qu'il va raconter l'histoire de ses vingt-six mariages et de la conquête de son empire; or nous ne possédons guère que la sixième partie de la première moitié; le total ne devait pas comprendre moins de 50,000 çlokas.

[1] Voir *supra* p. 5.

Il est beaucoup plus simple. Autant qu'on peut fonder un jugement d'ensemble sur un court fragment, il ne se compose pas d'une collection de contes variés. Dans le K. S. S. et la B. K. M., l'histoire principale n'est qu'un fil ténu — souvent négligeable, destiné à lier tant bien que mal des collections disparates. Celles-ci n'ont le plus souvent qu'un rapport fort lointain avec leur cadre, quelquefois aucun : « Dis-nous qui te fit prendre patience quand Mānasavega eut enlevé la reine Madanamañcukā, et comment il fit pour te distraire. — C'est Gomukha ; …il me raconta l'histoire suivante[1]. » Ci, un livre de contes qui n'avaient rien à faire avec le sujet. C'est d'une manière aussi dénuée d'artifice que sont introduits le Pañcatantra, la Vetālapañcaviṃçatikā, etc... Le roman de Naravāhanadatta est noyé dans des flots de hors-d'œuvre ; Somadeva a bien choisi son titre en appelant son poème un « océan » ; les « rivières » de sources les plus diverses y apportent leur tribut, mais dans cette masse prodigieuse il ne faut pas chercher d'autre unité que le goût et l'art du conteur.

Tout autre est le Bṛhatkathāçlokasaṃgraha : le souci de l'ordre et de la composition y est évident ; le sujet y est exactement limité ; sans doute les héros y écoutent des histoires, mais ce sont contes, sinon brefs, du moins étroitement liés à l'action et mieux fondus dans le récit. On ne risque guère d'oublier

[1] K. S. S., xvii, 1, 6... 16.

le sujet essentiel, car ce sont les aventures propres
des héros qui sont le plus développées. Défalquez du
K. S. S. tous les hors-d'œuvre, y compris la légende
de Guṇāḍhya et les livres II-III, qui sont une manière
d'Udayanacarita, aisément détachable, il restera un
squelette qui, assemblé autrement et mieux, plus
complet et plus cohérent, est le bâti de notre poème.

Cela ne veut pas dire que tout conte accessoire en
soit absent; mais, outre qu'ils sont mieux amenés,
ils ne sont pas pris de toutes mains; on aura le
plaisir d'en lire d'originaux, empreints d'une forte
saveur populaire, abondants en détails de vie cou-
rante. Au risque d'étendre imprudemment à l'ouvrage
entier un jugement fondé sur une si faible portion,
je dirai que ce goût pour les *realia* me paraît être la
marque distinctive de cette Bṛhatkathā.

Elle a une forte couleur locale; plus que le K. S. S.
et la B. K. M., elle porte la marque de cette région
de Kauçāmbī et du Pratiṣṭhāna où la tradition fait
vivre Guṇāḍhya : Kauçāmbī, ses environs, ses jar-
dins et ses fêtes sont familiers à l'auteur : non content
d'en savoir les légendes, il connaît les lieux : la porte
de Bhadravatī [1]; le square « des-peaux-d'antilopes » et
son bassin aménagé pour les jeux où, sous l'œil
effaré des gardiens, le jeune Udayana tombé du ciel
joua à la *padmabhañjikā* [2]; ce « Bois-des-serpents, qui

---

[1] I, v, 324.

[2] I, v, 156. — Cf. Kāç. ad Pāṇini, ii, 2, 17; iii, 3, 109; vi.
2, 74 : *padmabhañjikā* est à ajouter à la série *uddālakapuṣpabhañ-
jikā, çālabhañjikā, tālabhañjikā;* ce sont des noms de jeux chez les

ferait honte au paradis », où se déroule la belle yātrā
qui donnera à Naravāhanadatta adolescent sa première occasion de connaître le monde et les ma-
nières galantes; l'auteur note les distances et décrit
l'itinéraire : la grand'rue, la route, la Yamunā qu'on
traverse en bac, le temple, la forêt, et, sur le bord
de la rivière, les bancs de sable déserts où les jeunes
gens cherchent, pour les interpréter malicieusement,
les traces de pas laissés par les coureurs de bonnes
fortunes[1]. Si l'histoire est fantastique, le cadre a
quelque réalité.

La langue est simple, généralement tout unie et
quelquefois un peu plate, mais en somme de très
bonne qualité, maniée par un auteur qui en sait les
ressources; il a peu le goût des artifices et ne cherche
pas à faire montre de virtuosité; de temps à autre,
il se permet une petite description un peu maniérée,
juste ce qu'il faut pour donner à l'œuvre une allure
littéraire; puis vite le récit reprend : « Foin de l'occasion de vous faire désirer mon histoire! Si je vou-
lais achever la description, jamais le conte ne serait
conté[2]! »

En somme l'ouvrage est estimable et se lira sans
ennui. Est-il un portrait plus fidèle de la Bṛhatkathā

peuples de l'Est (*prācāṃ kriḍāyām* P. vi, 2, 74). On trouvera dans
le Bṛhatkathāçlokasaṃgraha un assez grand nombre de mots qui
n'étaient jusqu'ici attestés que par les scholiastes de Pāṇini ou les
lexicographes, et plus d'une fois on notera la sûreté d'information
de Pāṇini.

[1] I, viii.

[2] I, iv, 15... 17.

de Guṇāḍhya que le Kathāsaritsāgara et la Bṛhatkathāmañjarī? Je m'expliquerai ultérieurement sur
cette question. Mais il est dès maintenant certain
qu'il devient une pièce essentielle dans le procès de
la Bṛhatkathā. L'étude de sa composition, comparée
avec celle du K. S. S. et de la B. K. M., fera appa-
raître dans ces deux versions de graves étrangetés
qui en décèlent à mes yeux l'origine composite. Je
ne m'inscris pas en faux contre les affirmations de
Somadeva et j'admets la fidélité dont il se targue;
mais je pense qu'il travaillait sur un Guṇāḍhya déjà
transformé, quoique encore rédigé en paiçācī, à la
fois réduit et amplifié, amputé d'une grande partie
de son texte primitif et augmenté d'une masse de
hors-d'œuvre, devenu le réceptacle de tout ce qu'on
connaissait de contes célèbres. Les mœurs littéraires
de l'Inde ne s'opposent nullement à ce qu'on ait con-
tinué d'inscrire le nom de Guṇāḍhya sur une com-
pilation postérieure, souvent remaniée peut-être,
mais dont son œuvre formait toujours le cadre.

IV

Je donne ci-dessous le texte et la traduction du
premier sarga; il n'est pas le meilleur, mais je n'au-
rais pu en donner un autre qu'en le faisant précéder d'une analyse détaillée qui serait sans utilité, en
raison de la publication prochaine de l'ensemble.
Sont en italique toutes les syllabes restituées ou cor-
rigées par conjecture.

BṚHATKATHĀÇLOKASAMGRAHA.

I

oṃ namo Vighnāntakāya ‖
mahākhātā mahāsālā pury asty Ujjayanīti yā |
mahāmbodhimahāçailamekhaleva mahāmahī ‖ 1 ‖
prāsādād yatra paçyantaḥ saṃtatān haimarājatān |
merukailāsakūṭebhyaḥ spṛhayanti na nāgarāḥ ‖ 2 ‖
vedamaurvīvipañcīnāṃ dhvanayaḥ pratimandiram |
yatra saṃnipatanto'pi na bādhante parasparam ‖ 3 ‖
kṛtaṃ varṇanayā tasyā yasyāṃ satatam āsate |
mahākālaprabhṛtayas tyaktvā çivapuraṃ gaṇāḥ ‖ 4 ‖
tasyām āsīn Mahāseno mahāsenaḥ kṣitīçvaraḥ |
yasya devīsahasrāṇi ṣoḍaça çrīpater iva ‖ 5 ‖
ciraṃ pālayatas tasya prajāḥ çāstroktakāriṇaḥ |
Pālako Gopālaç ceti sutau jātau guṇāmbudhī ‖ 6 ‖

La première feuille étant perdue, B commence à 13..
prāṃçor. — namaḥ A. — 2. prāsādāt A. — santatānahai-
marājyatān A. — 3. vipañcāndvanayaḥ A. — 4. satanam
A. — 6. kārinaḥ | gopalaç A.

1-4. La description d'Ujjayinī ressemble assez à celle qui se
trouve dans *K.S.S.* VI, 1, 135-137.
1. Ujjayanī : cf. *Gaṇ.* 124, 43 *ad Pāṇ.* IV, 2, 127 et 206, 16
ad Pāṇ. IV, 2, 82 (Ujjayinī *Kāçikā*).
Mahā° : cf. purīm... sumahāçālamekhalā *R. Gorr.* I, 5, 12
(mahatīṃ sālamekhalāṃ *éd. Bombay*).
2. Haimarājatān : je sous-entends kūṭān.
4. Kṛtaṃ varṇanayā : cf. kṛtaṃ girā (= varṇanayā *Mall.*) *Ragh.*
XI, 41.

bṛhaspatisa*maç* cāsya mantrī Bharatarohakaḥ |
Rohantakaḥ Surohaç ca tasyāstāṃ tatsa*mau* sutau ‖ 7 ‖
narendramantriputrāṇāṃ caturvidyārthavedinām |
prayogeṣu ca dakṣāṇāṃ yānti sma divasāḥ sukham
  ‖ 8 ‖
atha gāṃ pālayām āsa Gopālaḥ pitṛpālitām |
Pālako 'pi yavīyastvād yauvarājyam apālaya*t* ‖ 9 ‖
mantripu*trau* tu mantritvam atha bhūmir naveçvarā |
navamantrikṛtārakṣā jāyate sma punar navā ‖ 10 ‖
gajarājam atho rājā dānarājivirājitam |
adhiṣṭhāya jagatsāraṃ nirjagāma bahiḥ puraḥ ‖ 11 ‖
taddarçanāçayā yātam anekaṃ nṛkadambakam |
bibhyad vyāḍād gajāt tasmād itaç cetaç ca vidru-
  tam ‖ 12 ‖
kanyakānyatamā tatra gṛhyamānātha hastinā |
prāṃçuprākārataḥ prāṃçor agamyāṃ parikhām
  agāt ‖ 13 ‖
khātapātavyathājātasaṃjñānā sā kṣaṇaṃ tataḥ |
taṭasthā hastipṛṣṭhasthaṃ sābhāṣata ruṣā nṛpam ‖ 14 ‖
avadhyam avadhīr yas tvaṃ pitaraṃ tasya kiṃ
  mayā |
adhītavedaṃ yo hanti brāhmaṇaṃ tasya ke
  mṛgāḥ ‖ 15 ‖

7. samāç A; tatsamo A. — 9. apālayata A. — 10. pu-
tro A. — 13. prāṃsu A; agīt A. — 15. veda A.

11. Jagatsāram : je conserve cette expression bizarre en la rapportant à gajarājam; mais je serais plus tenté d'y voir l'indication
de l'endroit vers lequel se dirige le roi.

iti kanyāvacaḥ çrutvā duḥçravaṃ çvapacair api |
cittesu bhinnahṛdayaḥ praviveça niveçanam ‖ 16 ‖
atipravāhya *duḥkhena* dinaçeṣaṃ samāsamam |
janavādopalambhāya pradoṣe niryayau gṛhāt ‖ 17 ‖
kālakambalasaṃvītaḥ sāsicarmāsiputrikaḥ |
samantāgadasaṃnāhaḥ saṃcacāra çanaiḥ çanaiḥ ‖ 18 ‖
atha çuçrāva kasmiṃç cid devatāyatane dhvanim |
abhisārikayā sārdhaṃ bhāṣamānasya kāminaḥ ‖ 19 ‖
hataṃ muṣṭibhir ākāçaṃ tuṣāṇāṃ kaṇḍanaṃ kṛtam |
mayā yena tvayā sārdhaṃ baddhā prītir abuddhi-
nā ‖ 20 ‖
iyam etāvatī velā khidyamānena yāpitā |
mayā tvaṃ tu gṛhād eva na niryāsi pativratā ‖ 21 ‖
kaumāraḥ subhago bhartā yadi nāma tava priyaḥ |
khalikṛtaiḥ kim asmābhir vṛtheva kulaputra-
kaiḥ ‖ 22 ‖

16. ççapacer A; pariveça A. — 17. vāhyacaduḥkhena.
— 18. sanaiḥ. — 19. kasmiṃddevatā- B¹; devatāyane A.
— 22. khalikṛteḥ A; putraitrakaiḥ B.

16. Çvapacair : la construction de duḥçravam avec un instru-
mental n'a rien de plus extraordinaire que celle de duṣprāpam;
cf. çṛṅgaṃ çrīman mahac caiva duṣprāpaṃ çakunair api *R. Gorr.*
VI, 15, 21; et la même construction avec dustara- (prākṛtaiḥ)
R. Gorr. V, 86, 5.

18. Samantāgadasaṃnāhaḥ : le sens adopté est le plus vraisem-
blable; cependant on pourrait songer pour agada au sens de
« simples » en se référant aux détails donnés *infra* I, IX, 63 sq., sur
les simples qui doivent faire partie de l'équipement; ce sens de
agada se justifierait par *Manu* VII, 218 : viṣaghnair agadaiç
(= auṣadhaiḥ *Kull.*) cāsya sarvadravyāṇi yojayet.

20. Baddhā prītir : cf. na babandha ratiṃ kva cit *K.S.S.* I, 3, 29.

22. Khalikṛtaiḥ : cf. kuṭṭanyā prasahya sa khalikṛtaḥ *K.S.S.* I,
12, 106. — khalikāra *ibidem* 175, *infra* I, II, 66 et *P.W.* s. u.

evamādi tataḥ çrutvā sā pragalbhābhisārikā |
vihasya viṭam āha sma tvādṛçā hi hatatrapāḥ ‖ 23 ‖
na nu cittam mayārādhyam tasyāpi bhavataḥ kṛte |
na hi bhartṝn aviçvāsya ramante kulaṭā viṭaiḥ ‖ 24 ‖
atha *nirmakṣikam* bhadra madhu pātum manora-
    thaḥ |
jahi ghātaya vā tam me patim ni*tyā*pramādinam ‖ 25 ‖
atha pā*pād* asi trastaḥ sphuṭam nāham tava priyā |
na nu durvārarāgāndhaḥ sutām yāti Prajāpatiḥ ‖ 26 ‖
atha vālam vicāreṇa Gopā*lam* kim na paçyasi |
yena rājyasukhāndhena prajāpālaḥ pitā hataḥ ‖ 27 ‖
suduḥçravam idam çrutvā Gopālo durvacam vacaḥ |
gacchann anyatra çuçrāva dhvanim viprasya jalpa-
    taḥ ‖ 28 ‖
ayi brāhmaṇi jāgar*ṣi* nandini krandate çiçu*ḥ* |
tvaritam *dayite* dehi stanyam kaṇṭho 'sya mā çu-
    ṣat ‖ 29 ‖

23. pralbhābhisārikā A pragalbhā- B. — trayāḥ A. —
24. kṛto B; bhartṝtaviçvāsya A. — 25. nirmākṣakam A
nirmā.. B (*déchirure*); jahi... trastaḥ *lacune dans* B (*déchirure*); nitya- A. — 26. pāpad A. — 27. atha...kin
lacune dans B (*déchirure*); gopāla A. — 28. prajāpāla...
midam *lacune dans* B (*déchirure*); golo A; gacchanta- A; su-
çrāva B. — 29. ayibrā...ndate *lacune dans* B (*déchirure*);
jāgarthi A; çiçutadehistanyaṅkaṇṭhosyamāsuṣat (tadehi-
stanya *sur un grattage; les 3 premiers caractères grattés impar-*

25. Nityāpramādinam : j'ai hasardé la correction, le texte
n'étant donné ici que par A; nitya- pourrait se défendre : «(Il est
facile de le tuer car) il n'est jamais sur ses gardes.»
25-26. Atha = yadi : cf. *R*. II, 60, 3.

iti çrutvā giraṃ bhartur vinidrā brāhmaṇī sutam |
pitṛghātin mriyasveti nirdayaṃ nirabhartsayat ‖ 30 ‖

āḥ pāpe kim asambaddhaṃ pitṛghātinn iti tvayā |
bālo 'yam ukta ity enāṃ brāhmaṇaḥ kupito 'bra-
vīt ‖ 31 ‖

kim āryaputra putreṇa yadā rājñā pitā hataḥ |
çrutismṛtividety etad uvāca brāhmaṇī patim ‖ 32 ‖

çrutvaivamādi kaulīnaṃ praviçyāntaḥpuraṃ nṛpaḥ |
anayat kṣaṇadāçeṣam asaṃmīlitalocanaḥ ‖ 33 ‖

atha gāḍhāndhakārāyāṃ velāyāṃ mantriṇau rahaḥ |
apṛcchat ko 'yam asmāsu pravādaḥ kathyatām
iti ‖ 34 ‖

tatas tāv ūcatus trastau saṃtrāsaṃ nṛpacoditau |
kaulīnahetuçrutaye cittaṃ tavāvadhīyatām ‖ 35 ‖

---

faitement paraissent être tvaritaṃ) A çiçutedehistanyaṅkan-
thosyamāçuṣat B; *en haut de la page*, B² *a ajouté des caractères dont les 2 premiers sont entiers,* tvari (*à la rigueur* tva-
ma´), *le 3ᵉ affleure une déchirure mais se lit suffisamment,* taṃ;
*les suivants ont disparu dans la déchirure, mais il reste encore
l'extrême bord inférieur de 3 caractères dont le premier paraît
être* da; *dans le texte il semble y avoir un signe de renvoi après*
çiçu *et après* stanya (? *la feuille est noircie*); A *semble avoir
hésité entre* B¹, *évidemment incomplet, et un autre modèle où le
pada, peut-être incorrect, commençait par* tvaritaṃ, *puis s'être
décidé pour* B¹. — 30. mriyaçceti A; nirabhatsayat A nir-
bhartsayat B nirarbhartsayat B². — 32. itismṛti A. —
33. praviçyatiḥpuraṃ; anayata. — 35. ūcatutrastau.

35. Saṃtrāse nṛpacoditau : pour la construction, cf. *Whitney*,
S. G., 1316.

sugṛhītābhidhānasya Pradyotasya pitus tava |
āsann avyabhicāriṇy ariṣṭāny aṣṭau mumūrṣataḥ ǁ 36 ǁ
uddhārye dhavale keçe pramādāt kṛṣṇa uddhṛte |
uddhartāraṃ mahīpālaḥ kartayām āsa nāpitam ǁ 37 ǁ
bhuñjānena ca pāṣāṇe daçanāgreṇa khaṇḍite |
kulakramāgato vṛddhaḥ sūpakāraḥ pramāpitaḥ ǁ 38 ǁ
prakṛter viparītatvaṃ jānann apy evamādibhiḥ |
prabho vidher vidheyatvād brāhmaṇān apy abādha-
   ta ǁ 39 ǁ
bhartur īdṛçi vṛttānte mantrī tasyāvayoḥ pitā |
adṛṣṭabhartṛvyasanaḥ pūrvam evāgamad divam ǁ 40 ǁ
çrutamantrivināças tu sa rājā rājayakṣmaṇā |
guruçokasahāyena sahasaivābhyabhūyata ǁ 41 ǁ

36. tavaḥ. — 38. kāram.

36. Pradyota désigne Mahāsena; de même *infra* I, ii, 49; dans
le *K.S.S.* et la *B.K.M.*, le nom de Pradyota est réservé au roi du
Magadha, père de Padmāvatī.

Sugṛhītābhidhānasya : comme sugṛhītanāman; formule de res—
pect employée le plus souvent pour mentionner un ancêtre décédé;
elle implique bénédiction pour le mort et les vivants. V. *S. Lévi.
J. As.*, 1902, I, p. 100 sq., et *Ind. Ant.* 1904 (XXXIII), p. 163 sq.

Ariṣṭāny aṣṭau : je traduis *huit* et non *les huit* car je n'ai trouvé
nulle part qu'ils soient réduits à ce nombre.

36 sq. : les traits de férocité attribués à Mahāsena, et ceux qui
seront rapportés *infra* I, ii, justifient le surnom de caṇḍa- qu'il porte
sans qu'on nous dise pourquoi, constamment dans le *K.S.S.* et
souvent dans la *B.K.M.*.

37. Kartayām āsa : inconnu en ce sens réservé à anu- et ava
kart-.

39. Viparītatvam = viparītatā « le fait (pour ses sujets prakṛteḥ)
de lui devenir hostiles ».

41. La mort de Mahāsena est mentionnée, *K.S.S.* XVI, i, 55
56; *B.K.M.* XVIII, 30 31, dans le récit des faits qui ont précédé la

tatas tāte divaṃ yāte yātukāme ca bhūpatau |
prajāsu ca viraktāsu jātau svaḥ kiṃkriyākulau || 42 ||
prāptakālam idaṃ çreya iti bu*ddhvā* prasāritam |
kaulīnam idam avābhyāṃ saparyanteṣv Avantiṣu || 43||
krodhabādhitabodhatvād bādhamānaṃ nijāḥ pra-
    jāḥ |
bandhayām   āsa   rājānaṃ   rājaputraḥ   priyapra-
    jaḥ || 44 ||
çṛṅkhalāta*ntra*caraṇaḥ svatantrād bhraṃçitaḥ pa-
    dāt |
sukhasya mahato dadhyau sa rājendro gajendra-
    vat || 45 ||
cintāmuṣitanidratvād āhāravirahena ca |
sa kṣapāḥ kṣapayan kṣīṇaḥ samvatsaraçatāyataḥ || 46 ||
pu*tre*ṇaivamavastho 'pi prajāpriyacikīrṣuṇā |
na mukta eva muktaç ca yāvat prāṇaiḥ priyair
    iti || 47 ||
nidānam idam etasya kaulīnasya vigarhitam |
itarad vādhunā devaḥ prabhur ity atha bhūpatiḥ || 48 ||

---

42. tātreA. — 43. budhvā. — 45. tatra; bhraçitaḥ A.
— 46. kṣayāḥ A. — 47. putraiṇaivam; cikīṣuṇya A.

mort d'Udayana, sans aucune des circonstances rapportées ici.
Dans *K.S.S.* et *B.K.M.*, Aṅgāravatī meurt avec son mari; ici elle
reste vivante, comme on le verra *infra* I, III.

46. Dadhyau : Sur le génitif avec dhyā- cf. *Speijer. S.S.*, 120 d,
121. Le génitif se trouve avec les verbes signifiant désirer, se sou-
venir de, penser à (*Pāṇ.* II, 3, 52); cette construction est déve-
loppée en védique; *Speijer* doute — à tort d'après le présent
exemple — qu'il en existe en classique des exemples avec d'autres
verbes que smar-.

adhomukhaḥ kṣaṇaṃ sthitvā talābatamahîtalaḥ |
dṛṣṭvā ca sāsram ākāçam anātha idam abravît || 49 ||
tulyau Çukrabṛhaspatyor yuvâṃ muktvā suhṛtta-
    mau |
anapāyam upāyaṃ kaḥ prayuñjītaitam īdṛçam || 50 ||
kiṃ tu sattvavatām eṣa çaṅkāçūnyadhiyāṃ kra-
    maḥ |
dṛṣṭādṛṣṭabhayagrastacetasāṃ na tu mādṛçām || 51 ||
tasmāt pālayataṃ bhadrau Pālakaṃ pālakaṃ bhu-
    vaḥ |
idaṃ tv alîkakaulînam açakto 'haṃ upekṣitum || 52 ||
tasyaivaṃ bhāṣamānasya vrīḍādhomukhamantriṇaḥ |
kūjan prakāçayām āsa kṣīṇāṃ tāmraçikhaḥ kṣa-
    pām || 53 ||
atha çuçruvire vācaḥ sūtamāgadhabandinām |
yaçodhavalitānantadigantodbudhyatām iti || 54 ||
dînadînaṃ tad ākarṇya karṇadāraṇam apriyam |
pidhāya pārthivaḥ karṇāv uttamāṅgam akampa-
    yat || 55 ||
sa cāvocat pratihārîṃ nirvāryantām amî mama |
kṣate kṣārāvasekena kiṃ phalaṃ bhavatām iti || 56 ||
āsîc câsyātha vā dhiṅ mām evam ātmāpavādinam |
na nu praçisyam ātmānaṃ nāham arhāmi nindi-
    tum || 57 ||

49. mukha. — 51. satvavatām. — 52. pālayanam A.
53. kūjana (jana *sur un grattage* A); tāmraçiçaḥ A. —
57. ahāmi A.

53. Tāmraçikhaḥ (mot nouveau) — tāmraçikhin attesté unique-
ment par *Jaṭādhara*.

niryantraṇavihāre na cirajīvini rājani |
rājaputreṇa laḍitaṃ kenānyena yathā mayā || 58 ||
samucchinnaduruechedabāhyābhyantaravairiṇā |
varṇāçramāḥ svadharmebhyaḥ kiṃ vā vicalitā ma-
   yā || 59 ||
avantivardhanasamo nijāhāryaguṇākaraḥ |
putraḥ puṃnarakāt trātā kasyānyasya yathā ma·
   ma || 60 ||
atha vāstām idaṃ sarvam ekenaivāsmi vardhitaḥ |
Naravāhanadevena jāmātrā cakravartinā || 61 ||
eka eva tu me nāsīd guṇaḥ so 'py ayam āgataḥ |
prasādān mantrivṛṣayor yat tapovanasevanam || 62 ||
iti niṣkampasaṃkalpaç codayām āsa mantriṇau |
sasiṃhāsanam āsthānaṃ maṇḍape dīyatām iti || 63 ||
tayos tu gatayoḥ keçān vāpayitvā savalkalaḥ |
kamaṇḍalusanāthaç ca bhūpālo niryayau gṛhāt || 64 ||

58. jīvina A. — 59. varṇṇāsramāḥ; kivā A. — 62. pra-
sādāta; vṛṣayo. — 64. gatayo; bhūpālau.

58. Laḍitam : laḍ Dhātupāṭha I, 38 : laḍa vilāse; laḍitam = la-
litam Mahāvyutpatti.

60. Nijāhāryaguṇākaraḥ : la platitude et la composition étrange
de cette expression me suggèrent des doutes sur la pureté du texte
ou sur le sens que je me suis vu contraint d'adopter; il semble
qu'il y ait un jeu de mots sur guṇa.

61. La seule allusion que j'aie jusqu'ici rencontrée à ce fait se
trouve *infra* I, III, 107 : Naravāhanadatta, le cakravartin, avec ses
femmes, salue les ṛṣis et « son beau-père » qui, dans la circonstance,
ne peut être que Pālaka; *K.S.S.* et *B.K.M.* sont muets sur ce
point. C'est le seul passage de notre texte où le nom du cakravartin
soit Naravāhana (toujours Naravāhanadatta, comme dans *K.S.S.*;
les deux formes alternent dans *B.K.M.*). On pourrait à la rigueur
admettre un autre sens : « j'ai été gratifié... par Naravāhana
(= Kuvera) d'un gendre qui est cakravartin ».

viṣādavipulākṣeṇa vakṣonikṣiptapāṇinā |
dṛçyamāno' varodhena viveçāsthānamaṇḍapam || 65 ||
trāsamlānakapolena dṛṣṭaḥ pṛthulacakṣuṣā |
Pālakenābravī*t* ta° ca sthita eva sthi*tasth*itim || 66 ||
prasādāt tāta tātasya vatsarājasya ca tvayā |
buddheḥ svasyāç ca çuddhāyāḥ ki° nā*ma* na pari-
    kṣitam || 67 ||
ato 'nuçāsitāra° tvām anuçāsati bāliçaḥ |
yena loke *ta* ucyante viyātāḥ pitṛçikṣakāḥ || 68 ||
etāva*t* *tu* mayā vācya° pitrya° si°hāsana° tvayā |
varṇāçramaparitrārtham idam adhyāsyatām iti || 69 ||
tac cāvaçyam anuṣṭheyam asmākīna° vacas tvayā |
mādṛçā° hi na vākyāni vimṛṣanti bhavādṛçāḥ || 70 ||
itīda° Pālakaḥ çrutvā sthitvā cādhomukhaḥ kṣa-
    ṇam |
uttara° cintayām āsa nā*sā*grāhitalocanaḥ || 71 ||

65. pāninā A; dṛçyamānevirodhena A. — 66. cakṣu-
ṣāḥ A; pālakenābravītañca; sthita°. — 67. prāsādāt AB[1];
kinnāmena. — 68. lokena. — 69. etāvantu A etāva°tu B[1]
-vatu B[2]; vācya A; varṇṇāsrama. — 70. taccāvasyam; nāçā-
grāhita.

67. Allusion au séjour d'Udayana (Vatsarāja) prisonnier à la
cour de Mahāsena; l'aventure est assez connue.
69. Paritrā: mot nouveau, d'ailleurs régulier.
70. Asmākīnam : *Pāṇ.* enseigne āsmākīna- (IV, 3, 1, 2); idem
Vopadeva. 7, 22.
71. Nāsāgrāhitalocanaḥ : nāçā- pourrait s'entendre « désespoir »,
mais il n'y a aucun exemple d'un composé analogue avec -āgrāhita-;
la correction de çā en sā est insignifiante; outre que le sens obtenu
va bien avec le contexte (Pālaka est adhomukhaḥ), l'expression se
retrouve en d'autres passages de notre texte, sous la forme nāsā-;

kṛtakṛtrimaroṣas tu rājā Pālakam abravīt |
bhoḥ siṃhāsanam āroha kiṃ tavottaracintayā || 72 ||
kiṃ cottaraçatenāpi tvayāhaṃ sopapattinā |
vegaḥ prāvṛṣi Çoṇasya caraṇeneva durdharaḥ || 73 ||
iti dvijātayaḥ çrutvā purohitapuraḥsarāḥ |
viṣādagadgadagiraḥ prasṛjyāçru babhāṣire || 74 ||
Pālakas te niyojyatvād ājñāṃ mā sma vicāraya|
tvanniyogān niyoktāraḥ kasmād vayam udāsma-
    he || 75 ||
dhriyamāṇe prajāpāle jyeṣṭhabhrātari Pālakaḥ |
mṛgendrāsanam ārohan khaṭvārūḍho bhaven na
    nu || 76 ||

72. siṃhāsanamahāroha A. — 73. çonasya. — 74. pu-
raḥsarā A; prasṛjyāsru B. — 75. ājñā(jñāṃ B) māsmavi-
cārayata. — 76. jyeṣṭa A; ārohana.

l'un d'entre eux est décisif ; tūṣṇīṃbhūtā kṣaṇaṃ dṛṣṭiṃ nāsāgre
niçcalām adhāt (I, x, 120).
73. Vegaḥ...çonasya : cf. çoṇa ivottaraṃgaḥ, *Ragh.* VII, 36 ;
la Sone, quelquefois à sec pendant la sécheresse, roule jusqu'à
50,000 mètres cubes à la seconde pendant la saison des pluies.
76. Khaṭvārūḍho : Ce mot n'était pas jusqu'ici attesté dans les
textes; le sens que lui donnent les dictionnaires « qui se conduit in-
congrûment » est trop vague. La traduction que j'ai adoptée m'est
inspirée par *Patañjali* (ad *Pāṇ*, II, 1, 26, khaṭvā kṣepe) : khaṭvā-
rūḍho jālmaḥ | kṣepa ity ucyate kaḥ kṣepo nāma adhītya snātvā
gurubhir anujñātena khaṭvārodhavyā | ya idānīm ito 'nyathā karoti
sa ucyate khaṭvārūḍho 'yaṃ jālmaḥ | nātivratavān iti. C'est le mau-
vais élève qui trouve toujours qu'il est assez tard pour quitter le
travail et aller se coucher, le contraire de l'élève zélé; ce sera
l'homme qui ignore les çāstras parce qu'il a été paresseux dans sa
jeunesse; si Pālaka montait sur le trône, on le traiterait à juste
titre de khaṭvārūḍha; il pécherait, non par ambition, puisqu'il
ne tient pas au pouvoir, mais par ignorance. Il est superflu de

rājyāgnim ādadhad vāpi tvayi varṣaçatāyuṣi |
parivettāram ātmānam ayaṃ manyeta ninditam ‖ 77 ‖
tasmād asmān nivartasva saṃkalpād atibhīṣaṇāt |
çokajāny açruvārīṇi bhava*ntv* ānandajāni naḥ ‖ 78 ‖
baddhāñjalir athovāca kiṃcinnamitakandharaḥ |
alaṃ vaḥ pīḍayitvā māṃ vacobhir iti pārthivaḥ ‖ 79 ‖
mayāyam abhyanujñāto rakṣaṇe ca kṣamaḥ kṣiteḥ |
khaṭvārūḍho na bhavitā ninditaḥ çaddavedibhiḥ ‖ 80 ‖
asamarthe ca rājyāgneḥ pālane patite mayi |
parivettāpi naivāyaṃ bhaviṣyati narādhipaḥ ‖ 81 ‖

77. çanāyusi A çatāyusi B. — 78 .bhavatvā-. — 80. ma-
yāyamabhya- *sic* B *sur grattage* mayāmayabhyanujñāto A.
— 81. rāgne A rājyāgne B.

faire remarquer la saveur vulgaire de l'expression; le fait que
Pāṇini lui consacre un sûtra montre combien est vivante la langue
qu'il enseigne.

77. Rājyāgnim ici et 81 paraît avoir un sens purement symbo-
lique; cependant il peut s'agir aussi du feu établi dans le hall,
devant le palais, où le roi, par la main du purohita accomplit les
rites incombant à sa fonction et destinés à assurer le succès d'une
campagne, à attirer la malechance sur l'ennemi, etc. (cf. *Apast.*
II, 10, 25, 4, 7; *Gaut.* XI, 17).

80. Je traduis en ponctuant après bhavitā. On pourrait traduire :
« il ne sera pas blâmé comme étant un *khaṭvārūḍha* par les *çabda-
vedins* »; mais, outre que ce serait plat, on serait embarrassé pour
donner à çabdavedibhiḥ un sens acceptable (à moins qu'on n'y veuille
voir « les gens habiles à imposer des sobriquets ! »); çabdavidyā est
la grammaire, un çabdavedin doit être un grammairien; je ne crois
pas trop m'aventurer en donnant ici au mot un sens défavorable
« ceux qui jugent les choses d'après la lettre des çāstras »; I, vii, 75,
on se moquera des « sots dont l'esprit est prisonnier de la lettre »
(pustakavinyastagranthabaddhāndhabuddhayaḥ) qui ne sont que
« de la fausse monnaie de conseillers » (kūṭamantriṇaḥ).

yac câpi pihitâḥ karṇā âkarṇya patitadhvanim |
prajâbhis tac ca na mṛṣâ mayâ hi nihataḥ pitâ || 82 ||
tad idaṃ pâlakaṃ kṛtvâ yuṣmatpîḍâpraçântaye |
prâyaçcittaṃ vrajan kartuṃ na nivâryo 'smi kena
    cit || 83 ||
mayâ câtyaktadharmeṇa yat prajânâṃ kṛte kṛtam |
tasya pratyupakârâya Pâlakaḥ pâlyatâm ayam || 84 ||
itîdaṃ prakṛtîr uktvâ Pâlakaṃ punar abravît |
Avantivardhanaṃ putraṃ matprîtyâ pâlayer iti || 85 ||
vilakṣahasitaṃ kṛtvâ Gopâlaṃ Pâlako 'bravît |
Avantivardhano râjâ râjan kasmân na jâyatâm || 86 ||
satsu bhrâtṛṣu bhûpâla guṇavatsv api bhûbhujaḥ ||
nikṣiptavantaḥ çrûyante putreṣv eva guruṃ dhu·
    ram || 87 ||
Gopâlas tam athovâca bhaviṣyati yuvâ yadâ |
tvaṃ ca vṛddhas tadâ yuktaṃ svayam eva kari-
    ṣyasi || 88 ||
evaṃ niruttarâḥ kṛtvâ prakṛtis tâḥ sapâlakâḥ |
sarvatîrthâmbukalaçair abhyasiñcat sa Pâlakam || 89 ||
âropya cainâṃ tvaritaṃ siṃhâsanam udaṅmukhaḥ |
nirjagâma purât svasmâd ekarâtroṣito yathâ || 90 ||

82. nihitaḥ A; pitâḥ. — 84. mayâcâtyakta AB^n mayâ-
tyakta B¹. — 85. pâlayedibhiḥ A pâlayediti B (*cf.* I, II, 89,
où les mêmes mots sont repris avec palayer iti). — 86. vilakṣa A.
— 87. puram A. — 89. kalaçer A; asiñcansa A. — 90. tva-
ritaḥ B¹.

83. Yuṣmatpîḍâ : Il s'agit, je pense, des conséquences funestes
qu'aurait pour le peuple la présence d'un roi criminel.
84. Atyaktadharmeṇa... kṛtam = l'expiation qu'il s'impose,
conformément aux çâstras (?).

atha rājani kānanāvṛte puram āspanditalokaloca-
nām |

nibhṛtaçvasitāmayadhvaniṃ mṛtakalpāṃ praviveça
Pālakaḥ ‖ 91 ‖

Bṛhatkathāyāṃ çlokasaṃgrahe prathamaḥ sar-
gaḥ ‖ I ‖

91. kānanāvṛtte; āspandita AB^n āspandita B^l; svasitā; *dans*
B, *avant bṛhatkathāyāṃ, une main postérieure a noté un renvoi
et ajouté en marge 10 caractères qui ont été ensuite effacés in-
complètement, mais restent illisibles.*

91. Vṛte : ᴗ —; la correction est nécessaire pour rétablir le
mètre (vaitālīya).

BṚHATKATHĀÇLOKASAṂGRAHA.

———

Oṃ! Hommage à Celui qui détruit les obstacles!

———

LIVRE PREMIER.

———

I

PREMIER CHAPITRE DE L'INTRODUCTION.

(1-4) Il est une ville, Ujjayanī, ceinte de fossés
immenses comme les mers, de murailles immenses
comme les monts qui ceignent la Terre immense.
Là, de leur terrasse contemplant les chaînes de

clochetons d'or et d'argent, les citadins n'ont pas à
envier les pics du Meru et du Kailāsa. Védas, cordes
d'arcs et luths s'entendent dans chaque maison et,
par leur assemblage, pourtant, ne se font pas tort
mutuellement. Trêve à la description : c'est là qu'en
tout temps, à la suite de Mahākāla, siègent les
Gaṇas, ayant délaissé la ville de Çiva.

(5-10) C'est dans cette ville que vécut Mahāsena,
puissant roi qui avait seize mille femmes, comme
l'Époux de Çrī. Longtemps il gouverna un peuple
obéissant aux lois des çāstras; deux fils lui étaient
nés, Gopāla et Pālaka, océans de vertus; son
ministre Bharatarohaka, pareil à Bṛhaspati, avait
aussi deux fils, pareils à lui-même, Rohantaka et
Suroha. Le roi, le ministre et leurs enfants, versés
dans la quadruple science et adroits dans la pra-
tique, coulèrent des jours heureux. Puis Gopāla
gouverna la terre qu'avait gouvernée son père; Pālaka, étant le cadet, prit le titre de prince héritier,
les fils du ministre les fonctions de ministres; et le
royaume, pourvu d'un nouveau maître, gardé par
de nouveaux ministres, sembla renaître, rénové.

(11-16) Or le roi, monté sur un grand éléphant,
élite des êtres, sur qui brillaient les raies du mada,
sortit de la ville. Pour le voir était accourue une
foule nombreuse; la peur de cet éléphant sauvage
la fit se disperser en tous sens. Mais il y eut une
jeune fille atteinte par lui; de la haute muraille elle
se jeta dans le fossé, inaccessible à l'animal, si haut
qu'il fût; à la suite de cette chute douloureuse la

présence d'esprit lui revint sur-le-champ; dressée sur le revers du fossé, elle cria avec rage au roi sur le dos de son éléphant : « Toi qui as tué ton père, tête inviolable, pour combien me comptes-tu? Pour qui tue un savant brâhmane, combien comptent les gazelles? » Ces paroles de la jeune fille, blessantes même pour des mangeurs-de-chiens, déchirèrent le cœur du roi; en proie à ses pensées il rentra dans son palais.

(17-27) Il y traîna dans le chagrin le reste du jour aussi lent qu'une année. Pour recueillir les bruits publics, à la brune il sortit de chez lui : un manteau noir autour du corps, avec épée, bouclier et poignard, équipement complet sauf la massue, il se promena à petits pas. Or il entendit en certain sanctuaire la voix d'un amant causant avec une gourgandine : « J'ai frappé du poing le vide, battu de la balle, quand j'ai mis mon plaisir en toi, sot que je suis! Voilà une grande heure que je passe à me tourmenter! Mais toi, tu ne sors seulement pas de chez toi — par devoir conjugal! Voilà un mari chanceux! Si tu l'aimes, qu'as-tu besoin de nous, pour nous maltraiter? On dirait que ce n'est pas la peine d'être fils de famille! » Il continua sur ce ton; alors l'effrontée éclata de rire et dit au galant : « Les hommes comme toi, vraiment, ont un aplomb! Ne devais-je pas me prêter à sa fantaisie, dans ton propre intérêt? Ce n'est pas sans avoir donné con-fiance aux maris que les infidèles s'amusent avec les galants! Après tout, mon cher, tu veux boire le

miel sans mouches? Tue ou fais tuer ce mari toujours assidu. Tu as peur du crime? Évidemment tu
ne m'aimes pas! Vois : une passion invincible
l'enivre : Prajāpati possède sa fille; sans aller plus
loin, ne vois-tu pas Gopāla? L'appétit du pouvoir
l'enivrait : il a tué son père! »

(28-33) Entendant ces mots affreux, si blessants
pour ses oreilles, Gopāla s'enfuit. Ailleurs il entendit
un prêtre qui parlait : « Eh femme! Veilles-tu sur
l'enfant? Le petit crie; vite, ma chère, donne-lui le
sein; qu'il n'ait pas le gosier sec! » A la voix du
mari, la femme éveillée gourmanda violemment
son fils : « Meurs donc, parricide! — Ah, mé-
chante! A quoi rime cela? Tu as appelé ce petit
parricide? », dit le brâhmane avec colère. « De quoi
sert un fils, mon ami? Le roi a tué son père, et il
n'ignorait ni Livres saints, ni Tradition! » Voilà
quelle fut la réplique de la femme! Le roi recueillit
d'autres rumeurs analogues, puis rentra dans son
appartement et y passa le reste de la nuit sans fer-
mer l'œil.

(34-48) L'obscurité était encore profonde à
l'heure où il tint un conseil secret : « Que signifient
ces mauvais bruits sur mon compte? Expliquez-le
moi », dit-il à ses ministres. Alors, tous deux, jetés
dans l'angoisse, lui dirent avec frayeur : « Voici la
cause de ces rumeurs. Écoute avec attention. Ton
père Pradyota — que ce soit bénédiction de le nom-
mer! — présentait huit symptômes indiscutables de
mort prochaine. Son barbier devant lui arracher

un cheveu blanc, lui en arracha un noir par inadvertance; il le fit couper en morceaux. En mangeant
il broya un gravier sous la dent : le vieux cuisinier,
serviteur héréditaire, fut mis à mort. Bien qu'il
comprît qu'il s'aliénait l'amour de son peuple par
des actes de ce genre, il alla, possédé par la desti-
née, jusqu'à torturer des brâhmanes. Lors de ces évé-
nements, son ministre, notre père, venait de monter au ciel, avant d'avoir vu la démence de son
maître. A la nouvelle de cette mort, le roi fut acca-
blé d'un tel chagrin que, sur-le-champ, il tomba en
consomption. Notre père parti au ciel, le roi sur le
point d'y partir, le peuple désaffectionné du trône,
nous nous trouvâmes bien embarrassés : « Ce que
commande la situation, voilà le meilleur parti »,
pensâmes-nous, et nous répandîmes le bruit suivant
dans le pays d'Avantî et les environs : la fureur
avait saisi l'esprit du roi; il torturait ses propres
sujets; son fils l'a fait enchaîner, par amour pour
eux; comme un grand éléphant qui a la chaîne au
pied, déchu de sa liberté, il n'a fait que rêver à son
bonheur passé; l'ennui lui a ôté le sommeil, il ne
s'est plus nourri; à passer les nuits il s'est consumé,
car elles étaient pour lui comme des siècles; mais
son fils, en dépit de cet état, par désir de faire plaisir au peuple, ne l'a délivré que quand la mort l'a
eu délivré de la vie. Voilà le fondement de ce bruit.
Faut-il blâmer ou louer? Maintenant le roi en est
maître. »

(49-56) Alors Gopâla demeura un instant tête

baissée, frappa la terre du pied, leva vers le ciel en pleurant un regard de détresse et dit : « Vous égalez Çukra et Bṛhaspati ; hors vous deux, excellents amis, qui donc aurait usé d'un stratagème infaillible, comme celui-là ? Mais cette manière d'agir est le fait d'esprits courageux, exempts de crainte, non celui d'âmes dévorées par la peur de ce monde et de l'autre, comme la mienne. Aussi mes amis, c'est de Pālaka que vous protégerez désormais le règne ; mais pour moi, je suis incapable de me mettre au-dessus de cette calomnie. » Tandis qu'il parlait ainsi et que ses conseillers, confus, étaient tête basse, le chant du coq annonça la fin de la nuit, et ils entendirent la voix des hérauts, chanteurs et bardes : « O toi, dont la gloire fait blanchir le bord de l'horizon infini, éveille-toi ! » Triste, triste, le roi trouva ce chant, déchirant pour ses oreilles, odieux ; il se boucha les oreilles, secoua la tête et cria à la portière : « Éloigne ces gens ! A quoi bon jeter du sel sur ma blessure ? »

(57-62) Puis il songea : « Mais baste ! Me blâmerai-je ainsi ? Ne sont-ce pas des éloges, non des reproches que je me dois ? Sous un roi effréné dans ses plaisirs, et dont la vie se prolongeait, quel autre prince s'est privé de tout amusement, comme je l'ai fait ? J'ai détruit — tâche difficile — mes ennemis au dedans et au dehors ; ai-je détourné les castes de leurs devoirs ? Avantivardhana possède en lui-même une masse de ressources qu'on ne saurait lui ravir ; quel autre que moi a un pareil fils,

pour le sauver de l'enfer? Et laissons cela. J'ai été
gratifié d'un bien unique : j'ai pour gendre le prince
Naravâhana, qui est cakravartin. Un seul mérite me
manquait, et le voici venu, grâce à mes deux excellents conseillers : la vie ascétique. »

(63-73) Ferme était sa résolution; il ordonna à
ses conseillers de préparer le trône et une audience
solennelle dans le hall. Eux partis, il se fit couper
les cheveux, prit la robe d'écorce et la cruche des
ermites, et sortit de sa demeure, sous les yeux
effarés de ses femmes, qui se frappaient la poitrine.
Quand il entra dans le hall d'audience, Pâlaka,
pâle de terreur, le regarda en ouvrant de grands
yeux. Il dit, sans s'asseoir, à Pâlaka debout : « Père,
grâce à ton père et au roi des Vatsas, ainsi qu'à la
clarté de ta propre intelligence, en quelle matière
n'es-tu pas expert? Aussi te faire la leçon à toi qui
dois la faire, c'est être fou; car, dit le proverbe :
« effronté qui en remontre à son père ». Je n'ai qu'un
mot à dire : monte sur ce trône paternel pour protéger les castes et les ermitages. Bon gré, mal gré, tu
suivras ma parole : un homme comme toi ne discute
pas avec un homme comme moi. » Pâlaka resta un
moment tête basse, méditant une réponse, les yeux
fixés sur le bout de son nez. Le roi feignit la colère :
« Allons, dit-il, monte sur le trône! A quoi bon
méditer une réponse? Même avec un cent de
réponses tu ne pourrais pas plus retourner ma
volonté qu'avec le pied remonter le courant du
Coṇa pendant la saison des pluies. »

(74-84) A ces mots, le chapelain et les brâhmanes, la voix tremblante d'émotion, lui dirent en
pleurant : «Que Pālaka, puisqu'il est ton subor-
donné, ne critique pas ton ordre! Mais, quand tu
commandes, nous à qui revient le commande-
ment, comment resterions-nous indifférents? Tu es
vivant, tu règnes et tu es le frère aîné; si Pālaka
montait sur le trône, ce serait un homme qui n'a
jamais appris ses leçons, n'est-il pas vrai? S'il allu-
mait le feu royal, aurais-tu cent ans, qu'il croirait
encourir le même reproche que le cadet marié
avant son aîné. Reviens donc sur ce projet trop
cruel! Que nos larmes de douleur se changent en
larmes de joie! » Le roi les salua et, le cou un peu
penché : «Assez me broyer le cœur, dit-il, taisez-
vous! Autorisé par moi et capable de protéger le
royaume, il ne sera pas l'homme qui n'a jamais
appris ses leçons, quand même il serait blâmé par
les grimauds. Moi, incapable d'entretenir le feu
royal, puisque je suis déchu, il n'encourra pas, en
devenant roi, le même reproche que le cadet marié
avant l'aîné. Que mes sujets se soient bouché les
oreilles en entendant le mot déchu, ce mot n'en est
pas moins juste, car j'ai tué mon père. Après un tel
crime commis, quand, pour apaiser votre propre
tourment, je m'en vais accomplir une expiation,
personne ne m'en doit empêcher. En reconnaissance de ce que j'ai fait, fidèle observateur de la loi,
pour le bien de mon peuple, accordez votre faveur
à Pālaka. »

(85-88) Ayant ainsi parlé à ses sujets, il s'adressa de nouveau à son frère : « Sur mon fils Avantivardhana veille pour l'amour de moi. » Avec un sourire confus Pālaka lui répondit : « Sire, pourquoi Avantivardhana ne deviendrait-il pas roi? Il est des rois, ayant pourtant des frères capables, qu'on cite comme ayant confié à leur fils seul le lourd fardeau du pouvoir. —— Quand il sera jeune homme, dit Gopāla, et toi vieillard, alors de ton propre gré tu feras ce qui sera convenable. »

(88-91) Ayant ainsi fermé la bouche à ses sujets et à son frère, il sacra Pālaka avec l'eau de vases emplis à tous les tìrthas; puis, l'ayant fait en hâte monter sur le trône, il prit le Nord et sortit de sa ville comme un passant qui n'y aurait logé qu'une nuit. Quand il eut disparu dans la forêt, Pālaka rentra dans la ville qui semblait une mourante, tant vacillaient les regards du peuple, tant ses soupirs étouffés disaient la gravité de son mal.

ERNEST LEROUX, ÉDITEUR,

LIBRAIRE DE LA SOCIÉTÉ ASIATIQUE ET DE L'ÉCOLE DES LANGUES ORIENTALES VIVANTES,

RUE BONAPARTE, N° 28.

OUVRAGES PUBLIÉS PAR LA SOCIÉTÉ ASIATIQUE.

JOURNAL ASIATIQUE, publié depuis 1822. (La collection est en partie épuisée.)
Abonnement annuel. Paris : 25 fr. — Départements : 27 fr. 50.
Étranger : 30 fr. — Un mois : 3 fr. 50.

COLLECTION D'AUTEURS ORIENTAUX.

VOYAGES D'IBN BATOUTAH, texte arabe et traduction, par MM. *Defrémery* et *Sanguinetti*, Imprimerie nationale, 1873-1879 (nouveau tirage), 4 vol. in-8°. 30 fr.
INDEX ALPHABÉTIQUE POUR IBN BATOUTAH, 1893 (2ᵉ tirage), in-8°...... 2 fr.
MAÇOUDI. LES PRAIRIES D'OR, texte arabe et traduction, par M. *Barbier de Meynard* (les trois premiers volumes en collaboration avec M. *Pavet de Courteille*). 1861-1877, 9 vol. in-8°............................... 67 fr. 50

CHANTS POPULAIRES DES AFGHANS, recueillis, publiés et traduits par *James Darmesteter*. Précédés d'une introduction sur la langue, l'histoire et la littérature des Afghans. 1890, 1 fort vol. in-8°...................... 20 fr.
LE MAHÂVASTU, texte sanscrit publié pour la première fois, avec des introductions et un commentaire, par M. *Em. Senart*.
    Tome I, 1882, in-8°.. 25 fr.
    Tome II, 1890, in-8°....................................... 25 fr.
    Tome III, 1898, in-8°....................................... 25 fr.
JOURNAL D'UN VOYAGE EN ARABIE (1883-1884), par *Charles Huber*, 1 fort vol. in-8° illustré de dessins dans le texte et accompagné de planches et croquis. 30 fr.

MENG-TSEU, seu Mencium, Sinarum philosophum, latine transtulit *Stan. Julien.* Lut. Par., 1824, in-8°.. 9 fr.
FABLES DE VARTAN, en arm. et en franç., par *Saint-Martin* et *Zohrab*, in-8°. 3 fr.
ÉLÉMENTS DE LA GRAMMAIRE JAPONAISE, par le P. *Rodriguez*, traduit du portugais par *C. Landresse* ; précédés d'une explication des syllabaires japonais, par *Abel Rémusat*, avec un supplément, in-8° (épuisé)................. 7 fr. 50
ÉLÉGIE sur la prise d'Édesse par les Musulmans, par *Nersès Klaïetsi*, publiée en arménien, par *J. Zohrab*, in-8°.................... 4 fr. 50
ESSAI SUR LE PÂLI, ou langue sacrée de la presqu'île au delà du Gange, avec six planches lithographiées et la notice des manuscrits pâlis de la Bibliothèque royale, par *E. Burnouf* et *Chr. Lassen*, 1 vol. in-8° (épuisé)...... 15 fr.
OBSERVATIONS sur le même ouvrage, par *E. Burnouf*, grand in-8°..... 2 fr.
LA RECONNAISSANCE DE SACOUNTALÂ, drame sanscrit et prâcrit de Calidasa, publié en sanscrit et en français, par *A.-L. Chézy*, 1830, in-4°.......... 24 fr.
YADJNADATTABADHA, ou la mort d'Yadjnadatta, épisode extrait du Râmâyana, en sanscrit et en français, par *A.-L. Chézy*, 1 vol. in-4°............. 9 fr.
VOCABULAIRE DE LA LANGUE GÉORGIENNE, par *Klaproth*, in-8°........ 7 fr. 50
CHRONIQUE GÉORGIENNE, texte et traduction, par *Brosset*, 1 vol. in-8°.... 9 fr.
    La traduction seule, sans le texte.................... 6 fr.
CHRESTOMATHIE CHINOISE, publiée par *Klaproth*, 1833, in-4°.......... 9 fr.
ÉLÉMENTS DE LA LANGUE GÉORGIENNE, par *Brosset*, 1 vol. in-8°....... 9 fr.
GÉOGRAPHIE D'ABOU'LFÉDA, texte arabe, publié par *Reinaud* et *de Slane*, 1840, in-4°.. 24 fr.
RÂDJATARANGINÎ, ou Histoire des rois du Kachmir, publiée en sanscrit et traduite en français, par M. *Troyer*, 1840-1852, 3 vol. in-8°...... 20 fr.
PRÉCIS DE LÉGISLATION MUSULMANE, suivant le rite malékite, par *Sidi Khalil*, cinquième tirage, 1883, in-8°.............................. 6 fr.